FABVIER.

IMPRIMERIE DE SELLIGUE,
Rue des Vieux-Augustins, n° 8.

FABVIER.

CHANT LYRIQUE

SUR LA GRÈCE.

(AU PROFIT DES GRECS.)

PARIS.

TOUQUET ET COMPAGNIE,

GALERIE VIVIENNE.

1826.

PRÉFACE.

Un jeune homme, qui atteint à peine quatre lustres, et qui déjà ose porter une main téméraire sur la lyre pour chanter un héros, doit trembler en présentant son essai au public. L'audace ne suffit pas, il faut encore la maturité du talent, le génie, et une étude profonde du langage des dieux. Ces considérations, qui pourraient retenir dans une autre circonstance, n'ont plus rien qui puisse arrêter l'élan d'un jeune cœur français, quand il s'agit des Grecs, de ce peuple malheureux et délaissé. Tout entier à l'enthousiasme de l'inspiration, j'aurais voulu rendre mes chants dignes de cette héroïque nation; mais une lyre, qui retentit pour la première fois, ne répond pas toujours au sentiment dont on est pénétré.

Ce faible essai a été composé au fond d'une province bien peu poétique, où, livré aux méditations de l'histoire de la Grèce, ma pensée rapprochait les temps, comparait l'ancienne et la nouvelle Hellénie, et reportait de nos jours le grand siècle de Léonidas. J'ignorais qu'une foule de poètes, et des plus célèbres, eussent déjà chanté les derniers événemens de la patrie de Pindare; et je me réjouis que mon *Appel aux Amis des Muses* ait trouvé d'avance de généreux échos. Des femmes même ont eu des chants pour le courage malheureux ; d'autres ont prodigué l'or; d'autres, plus étonnantes encore, ont été demander, avec des pleurs, le denier de la veuve, le tribut de l'orphelin, l'épargne de l'ouvrier et le superflu du riche. Aucun obstacle n'a rebuté ces anges dévouées; et la générosité française n'a pas été implorée en vain. Et quel moment d'intérêt pour cette nation si courageuse ! Missolonghi vient de tomber sous le fer des bourreaux ; la croix est ensanglantée;

les temples du Christ sont pillés ; et les saints autels ne sont plus que des tombeaux. Le détail de tant d'horreurs fait frémir l'humanité.

Mais nous, peuple civilisé, nous, véritablement français; hélas! qu'il nous répugne de croire que des compatriotes se sont trouvés parmi les bourreaux; qu'ils ont avancé, peut-être, l'heure du martyre d'une cité immortelle par sa longue et pénible résistance! Ah ! que nous respirons plus à l'aise ! que nos cœurs sont déchargés d'un pénible fardeau, en reportant notre pensée sur ces autres Français qui ont secouru la Grèce ! et le nom de Fabvier vient servir de contrepoison à l'horreur qu'inspirent les renégats.

Dans mon essai, j'ai fait apparaître, avec Fabvier, le génie du peuple qui m'a inspiré . . . . . Ce génie n'abandonnera pas son berceau ; il a produit l'héroïsme ; il produira la conquête.

La seule gloire que j'ambitionne, est celle de toucher quelques âmes indifférentes, et de faire verser quelques dons dans la caisse du comité philellénique.

A. Th...

FABVIER.

CHANT LYRIQUE.

APPEL

AUX POÈTES.

Fils d'Apollon, reprenez votre lyre !...
Ménestrels, plus de chants d'amours !...
Quand la Grèce gémit et tombe sans secours,
Divine poésie, excite, enflamme, inspire,
Ces mortels qui paraissent sourds.

Et toi, mélodieux Lavigne...
Du berceau des beaux arts fais parler les douleurs !...
Allez, suivez les pas de ce moderne cygne,
Vous que chérissent les neuf sœurs.

Dites Missolonghi, tant de fois expirante....
La rage d'Ibrahim, les efforts des Chrétiens
Sur sa plage sanglante,
Et les vœux et l'espoir de nos bons citoyens !

Moi, j'essaie en ce jour, quoique jeune et timide,
De chanter un héros qu'admirent les Français;
Ah! soyez indulgens pour ces faibles essais,
Philellènes unis, que l'humanité guide.

En vain, pour étouffer de nobles sentimens,
  S'agite une horde flétrie;
  Nos cœurs sont pleins : que sa furie
N'empêche pas de généreux accens.

De la religion elle porte le masque,
Se couvrant, à propos, du turban ou du casque,
Selon que ses désirs sont plus ou moins connus...
On la voit en tous lieux; partout, à chaque porte,
Elle quête humblement : ce métier lui rapporte;
  Et, pleine d'or, elle va les pieds nus.

Nulle part, dans le trouble, on ne la trouve absente;
Elle aiguillonne, anime, au lieu de rapprocher;
Elle enlace les rois, empêche d'approcher
  Du trône une voix suppliante.

Rome est son point d'appui, l'Europe son domaine;
Du peuple ultramontain elle est la souveraine;
Elle feint de parler, dans ses subtils discours,
D'humanité, de paix, de zèle, de tendresse;
Et, riante au récit des malheurs de la Grèce
Elle empêche partout les plus pressans secours.

FABVIER.

Cruelle destinée d'une contrée que la nature s'est plu à rendre digne d'être habitée par les dieux, et qu'elle a parée de tous ses dons! Faut-il que l'homme destructeur veuille convertir cet élysée en désert sauvage! Faut-il qu'il foule aux pieds ces fleurs brillantes, qui n'ont pas besoin d'être arrosées de ses sueurs, et qui croissent sans culture, comme pour prévenir ses désirs, ne demandant que d'être épargnées sur leurs tiges!

(Le Giaour de lord BYRON.)

Tel, on vit autrefois, au printemps de son âge,
Fuyant du sol natal le repos, les honneurs,
Un Français, un guerrier, sur un lointain rivage,
Aborder et combattre, et recueillir les fleurs
Qu'offre la liberté, qu'ignore l'esclavage;
Ainsi, de Lafayette imitant le courage,
Fabvier vole aux champs du carnage
    Oublier ses malheurs.

Vents, secondez la vitesse
Du navire léger qui porte le héros !....
Réjouis-toi, noble Grèce !
A ton sort il s'intéresse !
Il accourt sous tes drapeaux !
Mais, la bruyante allégresse,
Dont les joyeux matelots
Ont fait retentir les flots,
Contraste avec sa tristesse
Et semble augmenter ses maux.

Proscrit et fugitif, il pense à sa patrie,
Son cœur est oppressé par ce seul souvenir ;
Hélas ! il l'aime encore avec idolâtrie,
Et pour toujours il doit la fuir.

Ah ! qui remplacera sa famille adorée,
Les champs de sa jeunesse et ses amis nombreux.
Dans cette lointaine patrie,
Sous ce beau ciel jadis aimé des dieux ?

La Liberté, Déesse séductrice,
Remplace tout aux yeux de ses amans ;...
Elle sait inspirer un noble sacrifice,
Quoique ses lauriers soient sanglans.

Protège, ô Déité ! protège
Ce Français dans les camps nourri !
Eloigne la douleur de son front aguerri ;
Et que l'espoir soit son cortége !

Aprés une orageuse nuit,
La terre au loin parut ; la brise caressante
De la fureur des flots vint arrêter le bruit ,
En rendant leur force impuissante.

« Salut , dit le guerrier ; salut , berceau des arts !...
» Assez long-tems sur toi j'ai répandu des larmes :
   » Je viens partager tes allarmes ,
» Défendre tes tombeaux , tes dieux et tes remparts.
» Mais si la Liberté ne souriait encore
   » Que pour jeter, comme une faible aurore ,
      » Un rayon incertain ,
» Grèce , je te fuirais , en plaignant ton destin.
» Trompé par son grand nom , dans la triste Ibérie ,
» Je croyais la servir, combattant ma patrie (*) ;
» Hélas ! j'ai payé cher cette crédulité.
» Grèce , n'imite pas un si fatal exemple ,
» La France te sourit , l'univers te contemple :
» Et jamais l'anarchie , au regard irrité ,
» Ne fonda sur les lois la sainte Liberté. »

Il se tait ; mais bientôt on aborde , on arrive :
   Un peuple entier se presse sur la rive ;
      Il sent battre son cœur ,
   Et ce spectacle a calmé sa douleur.

(*) Lors de la guerre d'Espagne, le colonel Fabvier se trouvait dans la Péninsule, non comme soldat, mais comme négociant. (*Note de l'Éditeur.*)

Il descend... Une femme à ses yeux se présente :
            Qu'elle est belle ! qu'elle a d'attraits !...
Son regard est divin , l'amour est dans ses traits ,
            Et sa chevelure est flottante.

        « Que viens-tu chercher en ces lieux ,
        » Voyageur étranger, dit-elle ?
        » Parles , je suis une immortelle.
» Je peux te procurer un destin glorieux.
        » Peu semblable aux grands de la terre ,
        » Ma voix n'est jamais mensongère ;
» Je ne trompe jamais par d'attrayans discours ;
» Vois mon peuple chéri , c'est en moi qu'il espère ,
        » Et je lui promets de beaux jours. »

        A sa démarche, à son langage ,
Fabvier a cru revoir l'antique Liberté :
Il répond : « O Déesse , accepte mon hommage !
        » Je viens combattre à ton côté.

        » Pour la France , qui m'a vu naître ,
        » Plusieurs fois mon sang a coulé ;
» Aux leçons d'un héros , dans les camps élevé ,
        » Mon amour te fera connaître
» Que je suis dès long-temps ton partisan zélé.

LE GÉNIE DE LA GRÈCE.

» De la Grèce , étranger , reconnais le Génie !
» Je préside à la gloire , et je veux l'affranchir.

FABVIER.

» Accepte donc mon bras, et mon cœur et ma vie ;
» A ses combats sanglans je m'apprête à courir.

LE GÉNIE.

» Guerrier français , voilà des armes;
» Si pour toi la mort a des charmes ,
» Je guiderai tes pas aux endroits périlleux ;
» Mais viens, auparavant , viens connaître la Grèce,
» Si je te plais , tu m'intéresse ,
» Et bientôt des lauriers orneront tes cheveux. »

Elle dit : et Fabvier suit de près la Déesse.
On n'entendait partout que des cris d'allégresse ;
On fêtait les guerriers , on chantait leurs exploits ;
Et la belliqueuse jeunesse
Faisait retentir à la fois
Les lointains échos du rivage
Des noms d'Odysseus , de Miaulis , Canaris ,
De Nicétas le turcophage ,
De Colocotroni , Zongos et Botzaris.

« Vois , dit la vierge conductrice ,
» La récompense des héros :
» Pour des triomphes aussi beaux,
» C'est ainsi qu'à ton nom je veux qu'on applaudisse.

» Comme tout est joyeux sur le sol délivré..
» L'olivier , de ses fleurs , ombrage les campagnes ;
» Et l'oranger aux coteaux des montagnes
» Courbe son front doré.

» Mais , les tyrans viendront. Ces campagnes fleuries
» Bientôt seront flétries
» Par leur souffle empesté ;
» Ils promèneront le ravage ;
» Plus de beaux jours sur leur passage ;
» Les oiseaux seront sans ramage ;
» Et le soleil épouvanté
» Se cachera sous le nuage ,
» A l'aspect de leur cruauté.
» Alors tous nos guerriers , de vengeances avides ,
» Armés du fer sacré , jetteront le fourreau ;
» Et ces beaux lieux, témoins de leurs forfaits rapides,
» Aux bandes homicides ,
» Serviront de tombeau.

» Veux-tu voir, étranger , de funèbres asiles?
» Avec moi viens aux Thermopyles...
» C'est là que nos soldats ont déjà , plusieurs fois ,
» Renouvelé d'anciens exploits;

» Ces sentiers escarpés, ces défilés étroits,
    » Couvrent des monceaux de serviles.

» Vois ce camp : c'est ici que, Marcos Botzaris,
    » Avec ses deux cents Palicares,
» Nouveau Léonidas, égorgea les barbares,
» Et mourut, mais vainqueur, et sauvant son pays.
    » Gloire au héros de Carpenize !
    » Champ sacré qu'il immortalise,
» Au rang des immortels, c'est là qu'il fut admis !

    » Ici, partout, des traces de victoire ;
    » La moderne et l'antique gloire,
    » Ensemble ont consacré ces lieux.
» Oui, les siècles anciens de nos jours vont renaître ;
    » Tous les beaux arts vont reparaître
    « Et prendre un essor radieux.

» Bientôt nous allons voir de nouveaux Aristide,
    » Des Démosthènes, des Platon,
    » Des Socrate, des Thucydide,
» Et Mavrocordatos égalera Solon.

» De poëtes nombreux le sol n'est point avare ;
» Riga, par ses beaux chants, nous rappelle Pindare ;
» Mais hélas ! vois ici le tombeau de Byron !...
    » Sa muse était toute de flamme,
    » Ses accens ravissaient notre âme ;
» Je l'avais adopté, quoique fils d'Albion ;
» Et tu peux voir couler mes larmes à son nom.

» Il m'avait prodigué ses talens , sa jeunesse .
         » Et ses nombreux trésors ;
» Mais la Fortune , inconstante déesse ,
» L'eut bientôt confondu dans la foule des morts .

» En des climats lointains , où la patrie est chère ,
» Où de la Liberté l'on aspire aux douceurs ;
» Des bardes généreux , en leur sainte colère ,
» Ont chanté nos exploits, notre espoir, nos malheurs.

» Il en est un surtout, ornement de la France ,
» Sa lyre à mes amis arrache bien des pleurs ;
         » Il électrise tous les cœurs ,
         » Il me fait croire à l'espérance ;
         » Je le couronnerai de fleurs.
» Mais n'a-t-il pas déjà reçu sa récompense ,
» En ne trouvant partout que des admirateurs?

» Étranger , maintenant, tu sais ce qu'est la Grèce!...
» Conserves-tu pour moi toujours la même ivresse?..
» Faut-il te dire encor les crimes des tyrans ?
» Ton cœur en frémirait. Les cadavres sanglans ,
         » Victimes de leur barbarie ,
» Reposent sous nos pas , partout ; et leur furie
» N'a pas même épargné la mère et les enfans.

» Saint patriarche , un vieillard honorable ,
         » Doux vertueux et charitable ,
         » Apôtre de l'humanité ,
» Expia ses vertus , sous leur férocité.

» De Scio la plage déserte ,
» Pourrait te rappeller , mais avec trop d'horreur ,
    » Le sang dont elle fut couverte
    » Par le fer exterminateur.

    » Si tu parcourais ses collines
    » Pour y chercher ses monumens ,
» Tu n'y retrouverais que d'immenses ruines ,
    » Des cendres et des ossemens.

» Ceux qu'épargna le fer , conduits en esclavage ,
    » Vendus sur un lointain rivage ,
      » Gémissent... mais en vain.
    » Et si , parfois , dans leurs prières ,
» Ils invoquent le Dieu , le vrai Dieu de leurs pères ,
» Ils tombent sous les coups de leur maître inhumain.

    » Notre défense est légitime ;
    » Nous combattons contre le crime ;
» A la soumission nous préférons la mort.
» Tous les cœurs généreux , d'une voix unanime ,
    » Applaudiront , avec transport ,
    » Au désespoir qui nous anime ;
» Et , peut-être qu'enfin un dévoûment sublime
    » Changera notre sort.

» Quelque tems, j'ai compté sur les secours du Nord ;
    » Vains projets , attente vaine :

» Nul vent d'espoir, du Nord, ne se déchaîne ;
       » Seule, je briserai ma chaîne,
» Albion et Paris pour moi n'ont qu'un peu d'or.

FABVIER.

» Ah! de nos citoyens, la Grèce est bien aimée.
       » Chaque fois que la renommée
    » Nous apportait les exploits glorieux
       » De votre courageuse armée,
    » Nous écoutions, l'âme enthousiasmée ;
» Le plaisir et l'espoir se lisaient dans nos yeux ;
» Mais nous versions des pleurs aux récits désastreux.

    » Si quelques grands, honte de ma patrie,
       » Ont fait de sacriléges vœux
       » En faveur de la barbarie,
» Grèce, console-toi : ceux là sont peu nombreux.

    » Des vrais Français ils ne sont pas l'image ;
» Ils voudraient, les ingrats, ramener l'esclavage,
       » Pour être les persécuteurs.
» Vils enfans du pays qui me donna naissance,
       » Tremblez ; la céleste vengeance
» Punira du croissant les zélés sectateurs.

» Maintenant, ô génie, as-tu pu me connaître ?
» Je me nomme Fabvier.

LE GÉNIE.

» En te voyant paraître,
» J'ai deviné ton nom, ton pays, ton chagrin ;
» Aussi, je t'ai promis un glorieux destin.

FABVIER.

» O divinité que j'adore,
» Dans les rangs des soldats je veux mourir pour toi.

LE GÉNIE.

» Arrête, colonel ; il n'est pas temps encore :
» Réprime cette ardeur qui déjà te dévore ;
» Philellènes, venez vous ranger sous sa loi !

» Exerce ces guerriers aux manœuvres utiles,
» Que t'apprit un héros, le lion des combats ;
» Et quand dans l'art de vaincre ils seront plus habiles,
» Tous ils suivront tes pas.
» En les guidant à la victoire,
» Tu feras triompher la sainte Liberté ;
» Ton nom brillera plein de gloire ;
» Et j'inscrirai tes hauts faits dans l'histoire,
» Pour l'immortalité.

ÉPILOGUE.

Honneur à ce Français ! sur le sol de la Grèce,
Ah ! puisse-t-il bientôt écraser les tyrans ;
Et recevoir ensuite, au sein de l'allégresse,
Les palmes, les lauriers, les honneurs éclatans
Que vient de décerner, en sa juste tendresse,
L'Amérique à l'aîné de ses vieux combattans !

FIN.

BIBLIOTHÈQUE
POPULAIRE.

On a déjà tenté plusieurs fois de former, à peu de frais, de petites bibliothèques, destinées aux lecteurs les plus économes. En général, ces entreprises ont faiblement réussi, parce que la plupart étaient faites sans soin, que (tout en faisant encore payer fort cher) on donnait des ouvrages écrits à la hâte, et que souvent on n'y trouvait pas même les Traités les plus usuels.

La Bibliothèque populaire n'aura aucun de ces inconvéniens; la collection comprendra le Précis de toutes les Connaissances humaines; chaque partie en est confiée à des hommes d'un mérite reconnu : en sorte qu'elle convient aux plus difficiles par son exécution, et aux plus modestes bourses par son prix.

L'idée d'une *Bibliothèque populaire* appartient à la *Société pour l'amélioration de l'Enseignement élémentaire,* fondée à Paris par MM. le duc de la Rochefoucauld-Liancourt, le feu duc Mathieu de Montmorenci, le duc de Doudeauville, le baron de Gérando, le comte de Lasteyrie, M. A. Jullien, Jomard, le comte Alex. de Laborde, l'abbé Gaultier, etc.

Depuis le 15 juin dernier, il paraît, tous les jeudis, un Traité complet, que l'on détache de la collection à volonté, et qui compose un joli volume d'environ deux feuilles (128 pag. *in-32*), papier vélin satiné, avec couvertures imprimées: ce petit livre peut vraiment rivaliser, par le luxe de la typographie, avec les belles éditions *in-8°* et *in-4°*.

La simple annonce du *Constitutionnel*, les articles des journaux littéraires, l'anathème du *Drapeau blanc*, les injures de

l'*Étoile* : tels ont été les élémens de suc-
cés de la *Bibliothèque populaire.*

Sept livraisons sont en vente : *Histoire
de Pierre le Grand ; Libertés de l'Eglise
gallicane ; Dictionnaire féodal* (*) ; *Histoire
de Henri IV ; l'Evangile ; la Grammaire ,
la Charte constitutionnelle*, annotée des
Lois organiques.

Prix de chaque livraison : 60 cent.,
65 cent. à domicile à Paris, 70 cent. pour

(*) L'auteur de cet opuscule a adressé la lettre
suivante au rédacteur en chef de l'*Étoile.*

« Monsieur, c'est avec indignation que j'ai lu,
dans votre feuille, l'épithète d'*infâme* que vous ap-
pliquez spécialement au *Dictionnaire féodal.*

» La plupart des faits que j'y ai consignés sont
infâmes sans doute : mais l'histoire n'est point *infâme*, qui flétrit les mauvais prêtres, les mauvais
nobles, voire même les mauvais rois. Cette épithète
ne convient qu'aux écrivains salariés pour prendre
leur défense.

» Persuadé, monsieur, que vous n'êtes point payé
pour cela, je vous prie d'insérer ma réclamation
dans le plus prochain n°. de votre journal. »

Cette lettre n'a pas été imprimée.

(4)

la banlieue et les départemens, et 8o c. pour l'étranger.

Les gravures et les cartes se payent à part.

On s'inscrit (sans rien payer d'avance) à *l'Entrepôt central de la Librairie*, chez Touquet et compagnie, galerie Vivienne, chez Brière, rue St.-André, 68, et chez Mongie, boulevard des Italiens, 1o.

Imprimerie de Selligue,
rue des Vieux-Augustins, n. 8.

BIBLIOTHÈQUE
POPULAIRE.

On a déjà tenté, plusieurs fois, de former, à peu de frais, de petites bibliothèques, destinées aux lecteurs les plus économes. En général, ces entreprises ont faiblement réussi, parce que la plupart étaient faites sans soin, que (tout en faisant encore payer fort cher) on donnait des ouvrages écrits à la hâte, et que souvent on n'y trouvait pas même les Traités les plus usuels.

La BIBLIOTHÈQUE POPULAIRE n'aura aucun de ces inconvéniens ; la collection comprendra le PRÉCIS DE TOUTES LES CONNAISSANCES HUMAINES ; chaque partie en est confiée à des hommes d'un mérite reconnu : en sorte qu'elle convient aux plus difficiles par son exécution , et aux plus modestes bourses par son prix.

L'idée d'une *Bibliothèque populaire* , appartient à la *Société pour l'amélioration de l'Enseignement élémentaire*, fondée à Paris par MM. le duc de la Rochefoucauld-Liancourt, le feu duc Mathieu de Montmorenci, le duc de Doudeauville , le baron de Gérando , le comte de Lasteyrie, M. A. Jullien, Jomard, le comte Alex. de Laborde, l'abbé Gaultier, etc.

Depuis le 15 juin dernier, il paraît , tous les jeudis , un Traité complet, que l'on détache de la collection à volonté , et qui compose un joli volume d'environ deux feuilles (128 pag. *in*-32), papier vélin satiné, avec couvertures imprimées: ce petit livre peut vraiment rivaliser, par le luxe de la typographie, avec les belles éditions *in*-8° et *in*-4°.

La simple annonce du *Constitutionnel*, les articles des journaux littéraires, l'anathème du *Drapeau blanc* , les injures de l'*Etoile* : tels ont été les élémens de succès de la *Bibliothèque populaire*.

Huit livraisons sont en vente : *Histoire*

de Pierre le Grand; *Libertés de l'Eglise gallicane*; *Dictionnaire féodal*; *Histoire de Henri IV*; *l'Evangile*; *la Grammaire*; *la Charte constitutionnelle*, annotée des *Lois organiques*; *la Botanique.*

Prix de chaque livraison : 60 cent. , 65 cent. à domicile à Paris, 70 cent. pour la banlieue et les départemens, et 80 c. pour l'étranger.

On s'inscrit (sans rien payer d'avance) à *l'Entrepôt central de la Librairie* (*), chez Touquet et compagnie, galerie Vivienne.

(*) La dissémination des lieux, où sont les magasins des Libraires de Paris , rendait indispensable un Entrepôt central dans le quartier le plus fréquenté. C'est pour répondre à cette nécessité , qu'éprouvent également les Libraires et les Acheteurs de livres , qu'on a formé un Établissement où les Libraires peuvent déposer, et où chacun, sans s'éloigner du centre des affaires , peut se procurer , sur-le-champ ou dans les vingt-quatre heures, *aux mêmes prix* et *aux mêmes conditions* que chez les Éditeurs , les ouvrages de librairie ancienne et moderne , les Brochures et *Nouveautés* littéraires et politiques , et notamment toutes les publications *in-32.*

PUBLICATIONS *in-32*,
GALERIE VIVIENNE.

Imprimerie de SELLIGUE
Rue des Vieux-Augustins, n